Igarashi Osamu Senryu collectio

川柳句集

お蔭さまで…

五十嵐 修

新葉館出版

序

修さんとは、ずいぶん長いおつきあいになる。句集の序文をおおせつかったので、「修川柳」から入るのがほんとうなのだろうが、その前に修さんと私の「仲」について触れさせていただきたい。

ＮＨＫアナウンサーになったのも、川柳の道に入ったのも、私のほうが僅かながら先輩ではある。修さんは、「静岡時代に俊秀さんと出会わなかったら、川柳とは全く無縁で終っていただろう」と、よくおっしゃる。しかし、アナウンサーとしても川柳人としても、後輩は先輩を遙かに超えた。

ガラさん（イガラシの姓から、これが往時の修さんの愛称だった）は、ＮＨＫの新人アナウンサーとして函館放送局に赴任して僅か三年で東京勤務となった。異例の早さだった。私は、富山、静岡、名古屋の三局を経て東京に帰るまで十四年を費した。今はそれほど東京志向は強くないようだが、往時は半年でも一年でも早く、ともかく東京のスタジオから全国に向けて声を出すことが、アナウンサーの悲願であった。よほど優秀でない限り、三年やそこらで東京に戻れるものではなかった。

修さんとは静岡放送局で出会った。私は末端管理職の一人として放送部長の職に在った。修さんは、ＮＨＫ労働組合（日放労）静岡分会の分会長。当時の日放労の団体交渉はかなり厳しいものだった。分会団交のテーマが放送部門のことに及ぶと、アナウンサー第一線の分会長とアナウンサーＯＢの放送部長との対決の形となることがしばしばだった。ふだんは和気あいあいの先輩と後輩も、特に年末の闘争時期になると互いに白い歯は見せられなかった。他の職種の組合員からは、それでなくても「ツーカー」の間柄と見られがちだったからだ。

「川柳」の話に辿りつけなくて申し訳ないが、いま暫くのご辛抱をお願いしたい。その静岡時代も、よく飲んだ。知る人ぞ知る、かもしれないが、ガラさんはウクレレの名手でもある。地方都市では、住居と職場と飲み屋街が、大都市に比べれば至近といってよい距離にある。飲み会を中座してガラさんは自転車を飛ばし、社宅にウクレレを取りに行った。カラオケなどは全く無い時代。ウクレレ伴奏の快いハーモニーは下手な唄を引き立たせてくれた。ガラさんはジャンルを問わず歌をよく知っていなさって、しかも名歌手であった。飲んで酔って歌ってを繰り返すうちにそれだけでは飽き足りなくなってきた。静岡の居酒屋でのささやかな宴会は、いつか川柳句会へと変容して行ったのであった。昭和四十年代終りの頃のことである。

ようやく「川柳」まで漕ぎ着けたが、前述のようにこの後輩はあっという間に先輩を凌駕してしまった。「ＮＨＫぱらぼら川柳会」を組織したのは昭和五十年だ。修さんも当然メンバーの一員。修さんのこの句集は一九七四年の作品に始まるが、この昭和四十九年は、私が静岡から東京のアナウンス室に転じた年だ。また、修さんが津で過ごした一九八〇年は昭和五十五年だから、私は名古屋に居た。津放送局は名古屋中央放送局の管内だ。こうしてふり返るとあらためて不思議な縁を感じる。そのご縁は、修さんにＮＨＫ学園川柳講座の添削指導講師をお願いすることで、脈々と現在に及ぶ。

さて、修さんの川柳だが、断然うまい、の一言に尽きる。各地で催される大きな大会でも、月一回の東都川柳長屋連の寄合いでも、常に抜ける。中でも特筆大書すべきは、全日本川柳協会の主催する第二回全日本川柳誌上大会で、最高位の平成柳多留賞に輝いたことである。〈半世紀いくさをせずに来た重み〉がその句だ。平成七年のことと記憶する。また、修さんは平成十四年の第二十六回全日本川柳沖縄大会でも〈残照の丘へ長恨歌を埋める〉

で大会賞を得た。

川柳を定義するとき、いろいろな示し方があるだろうが、私の場合は、〈浮かんだ「景」や「想」を、５７５のリズムに載せて言語化する創作〉となる。この「景」や「想」、そして「言語化」で、修さんは「汲めども尽きぬ泉」を持っているのだ。「景」と「想」は、ことばを変えれば「発見」であり「着想」である。よくもここまで広がるものよと、いつも驚嘆させられる。複眼であるのと同時にその視野が極めて広い。内なる心には絶えず詩情が湛えられている。これが果たして先天的なものなのか。かりにそうであったとしても、平素の、日常の、たゆまぬ努力に支えられているところが多いのではないか。「川柳眼」とは聞き慣れないことばと思うが、しっかりしたその眼をお持ちのガラさんを、つくづく羨ましく思うことが少なくない。

これに「言語化」「文章化」の力が備われば、まさに鬼に金棒である。アナウンサーはことばのプロである。特に話しことばの場合、耳から聞いただけですぐ意味のわかることが要求される。テレビでは字幕の文字の助けを借りることができるが、私の育ったラジオ時代は耳からだけ。したがって「一聞明快」を徹底的に叩き込まれたものだ。短く平明で、欲を言えば新鮮なことばの選択——川柳作りの基本と一致する。

修さんの最近の作品の中で、思わずアッと声を上げたのは〈仕事着の父は発光体になる〉だった。「発光体」などという表現が、どこから生まれたのだろう。いつか使ってやろうと、以前から大事大事にしていたことばなのか、それとも句作りのプロセスの中でふと浮かんできた最も適確な表現だったのか。おそらく後者であろう。「汲めども尽きぬ泉」と前に書いたのもこのことである。常に満満と貯められたことばの大湖から、すいっと釣り上げられた珠玉のきらめき――恐れ入るほかはない。

「たとえ話のうまい人は川柳もうまい」と言われたのは、岸本吟一さんだったと記憶するが、修川柳の快さは、この比喩のうまさと、ほどよい抽象化にあると、私は思っている。抽象化は、575作品を文芸の域へ高めるために不可欠な条件の一つといっても過言ではあるまい。しかし、ともすると独善に陥り、第三者にはさっぱり通じないというケースも珍しくない。「伝わってこそ文章」が、作家・清水義範氏の文章読本の出発点だが、いかに苦心して綴ろうと、作者の作意や何を言いたいのかがさっぱり伝わらないようでは、作っても全く意味が無い。散文も韻文も全く同じことである。修氏のそれは、心象化しても抽象化しても、句が読者に響いてくる。

「川柳の三要素」など言い出すと、いまどき古いと思われるかもしれないが、うがち、かるみ、こっけいみは、時代が移っても大切な川柳のエッセンスだ。修氏の作品集を、こういう視点からも精読していただきたいと願っている。

最後に、私の特に好きな句を二十、好きな順に挙げさせていただいて序文の拙稿を閉じたい。

仕事着の父は発光体になる
スタートの時には見えていた虹よ
雪が降る昔むかしを連れて降る
逢いたさが一気に春の時刻表
夕立が洗う働き蜂の町
遊ぶ子がいない赤とんぼの周り
愛の人文字へ私も点になる
残照の丘へ長恨歌を埋める
幾たびか住めば都を繰り返す
戦機いま熟す真っ赤なバラを選る

銭湯があって人間くさい街
自販機が寡黙な街にしてしまう
オール３友がいっぱい居てくれる
両の手を広げこんなに好きという
どれほどの文字をおもちゃにしたことか
いのち乞い年の始めのためしとて
かしわ手を打って人間いくさする
笑わない人が最前列に居る
父の打席へ外野が浅く浅くなる
カツを食べ残す打率が落ちてゆく

平成二十六年四月

NHK学園川柳講座編集主幹
大木　俊秀

川柳句集　お蔭さまで…　目次

序――大木俊秀　3

第一章　みちのくの日々「青森・鶴岡」　17
一九七四年～一九八〇年

声はこころ　46

第二章　津から和歌山へ　51
一九八〇年～一九八六年

前橋追想　82

第三章　前橋の日々から東京で退職　85
一九八六年〜一九九一年
ふじさわ懐古　116
第四章　マイクと別れて字幕制作へ　121
一九九一年〜二〇〇六年
サイカチ坂に佇つ　152
第五章　NHK学園川柳講座のスタッフに　157
一九九八年から
あとがき　191

川柳句集

お蔭さまで…

第一章

みちのくの日々

「青森・鶴岡」

一九七四年〜一九八〇年

幾たびか住めば都を繰り返す
鉛筆の本音をボールペンが消す
両の手を広げこんなに好きという

いちど海を翔んでみたいと思う蝶

哀しくて笑うは痩せたソクラテス

再会へ雪はあの日の貌で降る

不浄の手に右も左もあるものか

割り切れぬ円周率も人生も

夕立が洗う働き蜂の町

えひもせす愛に終着駅はない

橋に名を残して川が消えてゆく

リボン切る泥はかぶらぬ人が切る

狼にさせた動機は裁かれず
人間の鬼から鬼が拝まれる
巻き戻しは効かぬ私もデジタルも

地平線の向こうも悔いを溜めている
ファミリーと呼ぼう愛しき他人たち
乱読の罪で守りが浅くなる

情味なき布石を企業経営者
立体交差あなたと僕は結ばれぬ
ワイヤレスマイクが運ぶ無礼講

追憶にチェックインして風邪を引く

神の救いだよ当たらぬ宝くじ

水切りの石と痛みを分かちあう

パロディ運ぶ単身たちのひかり号

素晴らしい敵だぞ俺に酌をする

ゴージャスな椅子ににんげんを理解せず

かしわ手を打って人間いくさする

水音が聞こえるひら仮名の手紙

ひまわりが炎えるゴッホは耳を削ぐ

追憶を嗤うデジタルウォッチめ
天皇のソフトの中に棲む昭和
ペアルックすでに男は負けている

樹を理解しない猿にはなるまいぞ

笑わない人が最前列に居る

思いつめると一塁が遠くなる

トリミングすると私が居なくなる
本番の苦情アンサンブルで来る
好きという本音を否定形で言う

バッカスを嬉しい時にだけ呼ぼう
黙っている人にいちばん在るマグマ
帰る筈なき故郷を自慢する

拍手されている見事な負け戦
ロスタイム神のご慈悲だと思う
嘘は華麗にとシャンデリアが点る

にんげんにも在るさ大気の不安定
聖戦と呼ぶ人間のエゴイズム
未知数の人が眩しいことを言う

峠を越すと失くしたものが解りだす

抽斗の隅でユートピアが眠る

立て板に水の男よブルータス

正月よ齢を返してくれないか
敬語もう脱ぎなよ此処は縄のれん
表札の俺をごしごし拭いている

天職と悟りローカルニュース読む
にんげんを獣に描く受賞作
良心がいつも勇気の先をゆく

カツを食べ残す打率が落ちてゆく

託鉢僧みえない時刻表を持つ

欲が歩きだす人間の貌になる

にんげんを食う映像と電子音
呼び捨てにしている声の中の愛
女三歳にして鏡と話しだす

むかし笑った役を演じている私
右を向きたがる悲しい性である
こんな筈ではの台詞が増えてくる

オール3友がいっぱい居てくれる
総論で刺すモニターは聞き流す
クーラーで風のことばは生まれない

一点差逃げのピッチングはするな
建て前は朝に本音が夜に出る
セットポジションで厄日を投げ抜こう

イントネーションこころの声は騙せない
格言の真ん中辺へ愛を置く
やすらぎの席は両端から埋まる

持ち点を吐いてしまった十二月

人みんな違う終着駅を持つ

無神論いま懐があたたかい

情報化ことばも数も人を刺す

戦機いま熟す真っ赤なバラを選る

表札の重さが男なら分かる

声はこころ

Igarashi Osamu ESSAY

何気なく交わす朝の会話のやりとりから、人は自と相手のコンディションをほぼ感じ取る。いい気分かやや沈みがちか、それを裏付ける証が声である。話し方のテンポは多少の調整が出来ても、声だけは残念ながら誤魔化しが利かない。つまり通常の人間の状況を知る上でも声は何よりの判断材料となるのだ。

体調の善し悪し、気持がプラス志向かそれともスランプ気味なのかも声の調子や響き具合を聞けば、相手の今が鮮明とは言わないまでも察しがつく。

「名刺じゃ駄目だ、声を聞かなきゃその人間が見えない」とは、とうの昔に週刊朝日でよく誌上対談でなかなか人間味のある聞き手であった徳川夢声の名言である。

かつて声を職業としていたアナウンサーの経験から声そのものに関心がある。実はNHKへ入る以前に広告関係の職場に勤めていた時期があり、偶然にもひとりの声優と知り合った。彼の名前は内村軍一、昭和十六年にNHKの東京放送劇団に巖金四郎、加藤道子と共に一期生として入団。ラジオドラマで活躍した声優の一人であった。

代表作は「虹の断片」の斎藤茂吉役、「朗読の時間」では山頭火「四国遍路日記」の語りが挙げられる。その内村さんがいつもよく言われていた事は、どんな役でも語りでもあまり声を作るのは良くない。「声は人そのものだから」、今も耳にしっかり残っている。

角川の類語新辞典には「声は人や動物の発声器官から出される音」とあり、声に関する用語は実に百五十以上。実際には外来語なども組み込むともっと多くなる。

声は人なりと良く言われているし、人間のその折々の心の音が声であるとも言える。お喋りの場でも明解なイントネーションや言葉を敢えて際立たせるプロミネンスなどは、話し手の心の動きがそのまま声の表情になる。

例えば川柳の披講は、ひとの声で句を詠むから人間の文芸でもある。トーンの変化がまるでないロボットの声の披講だけは絶対お断りである。

平成十年秋に発足した999番傘川柳会で「朗読は修さんのキャリアに任せるよ」という長年の柳友だった故今川乱魚氏が、田辺聖子著「道頓堀の雨に別れて以来なり」の朗読を私に依頼した。川柳の歴史を知る上で充分なメリットがあり、小説形式で参考文献や資料も多彩で近代川柳文学史に相応しいというのが推奨の基盤であった。

川柳会での朗読はロングラン、なんと十年四ヶ月、通算では一一五回に及んで平成二十年三月に完結した。喜びも達成感もひとしおであった。思えば、いつも心がけてきたのは元アナとしてではなく、あくまでも一人の川柳人として内容を読み通すことで、妙に声を張ったり、読み聞かせる意識が過剰にならなくて良かった。思い切って読み手のスタンスを変えたことで、声に極端な力みが消えたことがプラスになったというのが実感だった。

いま私の朗読は林えり子著の「川柳人・川上三太郎」を終えて岩井三窓著「川柳読本」に移っている。元気な限りは声のボランティアとして朗読を続けたいと思っている。

（平成二十二年 夏）

第二章

津から和歌山へ

一九八〇年～一九八六年

終章のペンに自己陶酔がある
メーキャップ女にリーグ戦がある
味方より大事にしたい敵が居る

常識に欠ける秀才なんだろう
園児が叩くとくすぐったい太鼓
スマートに逃げる布石のお世辞だな

停年のホームは次の次の駅
枕木の方が思想を持っている
アイドルが変わる娘は母となる

プレッシャーつまり獅子身中の虫

ジンクスとタブー退く波寄せる波

ピッチャーの方が堪えている死球

中傷は控える一つ釜の飯
ありったけの俺だ源泉徴収票
征服をされたと山は想わない

剃りあとの青さ謀反を抱いている
むずかしい方程式を愛という
背信を生む抜擢がある限り

言い訳がドンキホーテの辞書にない
つながった貨車は活き活き走り出す
ポケットベルお前も隠れたいだろう

にんげんの弱さ序列の中に棲む
父母になった欠食児童たち
魂を売ると切れなくなるナイフ

スタートの時には見えていた虹よ
人生にだって切り取り線がある
ひのえうま希少価値だと言う娘

にんげんの欲がエベレストを汚す

妥協癖とてもソクラテスになれぬ

結婚三十年単身十五年

吊り橋を渡るとけものの道が待つ

ノクターン独りでないと書けぬ曲

下書きは本音を抱いて捨てられる

縄電車妻と私だけになる

遠回りしても踏み絵が置いてある

人間の愛へ計算機は要らぬ

やきもちと呼ぶ愛情のエネルギー
ハムレットかドンキホーテか不整脈
改札機お前人間嫌いだろ

消去法情けは人の為ならず
抱きしめた肩を今では揉んでいる
銭湯があって人間くさい街

合掌をしてなお欲が捨てきれぬ
青春が剥がれるヘプバーンが逝く
愚痴を零すまい助ける側にいる

コンピュータお前もウイルスが怖い
捨て台詞情けが零度以下になる
ほめている逆方向にある本音

重犯の罪が人差し指にある
君が代を基準に人を分けないで
偶数が好きと答える苦労性

はにかみのペンの初々しさを買う

望郷の文字を背中に書いている

打率より打点いくさは負けられぬ

父の打席へ外野が浅く浅くなる

プライドが手の鳴る方へ行かせない

ピラミッドの高さに積んである命

遠回りしても二者択一が待つ

曲がり角とうとう命乞いをする

飼い主に似て遠吠えの癖がある

生まれ変わっても短い足だろう
本能寺どころか敵は輪の中に
得票が減るオバさんと呼んでから

情にかられるとデータが生かせない
愛の人文字へ私も点になる
サバイバルお辞儀がふかく深くなる

気炎あげてる貴方も社内失業者
すぐ着火すると乳房に書いてある
裏切った方が正直者だった

リストラへ切り売りされる羊たち

帰省列車だからラッシュが苦にならず

靴べらにゆとりのなさを見抜かれる

書き直しの果てにやっぱり嘘を書く
親も先生もサインに気づかない
真実は少しぼかして言いなさい

檻のライオンが私に見えてくる
視聴率きみの時間を食べている
立ち見席の客が神様かも知れぬ

盲点をみごとにバックパスが突く
マンハッタンの眺め戦の愚を悟る
持ち点を数え始めた負け戦

手作りのミットの頃の野球熱

無罪だから無実だとは言い切れず

核抜きで平和を語れない寒さ

前橋追想

Igarashi Osamu ESSAY

幾たびか住めば都を繰り返す

振り返ると、NHK在職時代に十回の転勤を経験した。北は函館、南は熊本…一口に住めば都と言っても、独身、新婚時代から家族同伴、更に単身と身辺の状況変化によって実に様々である。アナウンサーという職業柄、やはりその土地の言葉「方言・国訛り」に関心があった。方言で一番苦労したところは、津軽弁で知られる雪国青森であったし、暑い九州でも冬は結構冷え込む肥後・熊本弁であった。面白いことに県民性の一面を表す方言として津軽は〝じょっぱり〟また熊本には〝肥後もっこす〟があり、どちらも風土と気候が育んできた言葉である。

移り住んで一年、つまりその土地で四季を暮らしてみて初めて住み慣れる。そしてこの街も退屈なところだなと思ったときが〝住めば都〟の心境ではないだろうか。その底には或る種の安らぎがある。その土地で人々と出逢い、方言の良さに触れ、地酒の味も分かってきて住み良い所になると、また肩を叩かれて次の任地へ移動するという宮仕えのパターンを繰り返すわけである。
単身での移動は、優に十年を越えたが家族も私自身もお蔭さまで、これといったアクシデントもなく…言うなれば頑張り通すことが出来たと思う。その最後の単身生活を過ごしたところが群馬県前橋市である。雄大な赤城山を背に、初夏の陽にキラキラ水面が光る利根川の姿は詩情豊かである。テレビで前橋を紹介するなら、オープニングは赤城山と利根川だ。優しい姿の赤城山が――地元の画家に言わせるととても描きにくい山だそうだ――日々眺めている中、山の姿が亡父のイメージと重なって句が出来た。その句が実に幸運にも第一回国民文化祭で尾藤三柳選で秀吟に選ばれた。

山のことばで父のテーマを描いている

上州名物と言えば〝空っ風〟。二月、三月ともなれば、空っ風が激しく吹く。地元では俗に〝赤城おろし〟と呼んでいる。雪はそれほどに降らない前橋だが、空っ風は自転車通勤族の身にはときに堪える。追い風ならば兎も角、向かい風にでもなれば利根川の橋の上を通る時などは前へ走行するのがシンドイ。
でも、街の人達は、それこそ慣れているのか何とも思っていない。

人を恋う音して空っ風が吹く

（平成六年 夏）

第三章

前橋の日々から東京で退職

一九八六年〜一九九一年

介護する方も年金族である
錯覚と誤解たちまち腕を組む
スタンバイしたのに掛からないお呼び

申告が済んだら花の種を撒く
草の根を分けて督促状は来る
輪がすぐにできる被害者意識から

炎天が男の机上論を斬る

借金が薬と他人なら言える

モチーフは苛め名作童話集

映像と文字に疲れて草を刈る

カンツォーネディナー日本人ばかり

日本語がうまいヴェニスの商人よ

わたくしを半分にする歩み寄り

人間らしくなって峠を下りてくる

○×は答え思想は別に持つ

電子音ひびく疲れが倍になる
急かされて略語ばかりの世に生きる
ひと裁く戦へピリオドが打てぬ

回想の画はモノクロで描かれる
忘れてる振りが上手なループタイ
暗号が解けたらいつの間に独り

ウツが治まると挑戦状が待つ
心配は要らぬ遺影は撮ってある
救われる嘘なら責めたりはしない

真相を語る小さな声になる
ひとを斬るのに必要な辞書である
中立を人差し指は守れない

玄関を出たら夫はイエスマン

太棹の音色で雪が乱舞する

キリギリスと蟻が私に同居する

ない筈はないさライバル意識なら
世話好きの傘は乾いたことがない
寝返った方も疼いているだろう

廃材がオブジェにされて蘇生する

旧姓に戻って弾み出した毬

ルーキーが査定をされるのは真夏

働けと朝日休めと月が出る

整形の鼻へコントが通じない

山脈も私も青い過去を抱く

発想のしょせんコピーを抜け出せぬ
ボケ役の眼裏に棲むリアリスト
サンプルはもっと大きな海老だった

対角線の二人アドレナリンが湧く
綱引きは終わらぬ男対女
プライドが邪魔して溶けぬ蟠り

文明の利器が人嫌いを増やす

優しさをもらう冬大根の味

文法の正しい方が異人さん

好きな道だからを結果論とする

おいしいと思う敬語のない空気

メロディーと一緒に歩けない音痴

ロボットじゃないから花粉症になる

負け戦の数がわたしの箔である

国なまり活字の臭いなどはない

ひと言も触れぬ労りだってある
ジンクスを言うたび萎えてゆく足だ
ていねいな言葉で傷は癒せない

人情が縺れて人が裁けない

縦割りを破るブーイングが起こる

ひらがなのすがたになってゆくいのち

夕立のおまけ綺麗な虹が立つ
犬も猿も雉もいのちを謳歌する
しがらみを埋めて砂漠が黄昏れる

点滴が夕陽を連れて雫する
人間の臓器をパーツなどと言う
かまきりの雄の脆さを笑えない

ワイヤレスマイクもともと戦好き

ライターにない優しさをマッチの火

銀食器こころの飢えが癒せるか

てにをはが飛ぶ素晴らしいプロポーズ

ボヘミアンの背中に獏が棲んでいる

九条のテストはこれからも続く

軍配がスロービデオに裁かれる
ケータイが増えても癒せない孤独
ほっといてやれ胃薬を飲んでいる

活断層だけは黙っていて欲しい

未来より今を政治が持て余し

自動ドアひとを選んだことがない

タンバリンむかし話を始めよう
童べ唄ひとに原風景がある
優しさをごった煮にして父の味

その先はラジオで聴いてくれと言う
敵を刺すことば短い方が効く
遠い日のわたしを敵にする戦

亀も蝸牛も後戻りはしない
負け戦四番を入れ替えてはならぬ

ふじさわ懐古

Igarashi Osamu ESSAY

藤沢市鵠沼は、戦後から十五年暮らした忘れられない町である。遊び盛りの少年時代、NHKのアナウンサーになるまで母親に苦労をかけた青年時代の、楽しくまたほろ苦い数多くの過去の思い出がここにはある。

十年前の秋、兄の葬儀が済んだ後、遺言で引き継いだ鵠沼の家は、それまで二十年余りも借りてもう我が家同然のように住んでいた遠縁の家族と、家裁の調停まで話し合いが縺れた挙句、やっと出てもらった。思えば、なまじ遠縁の者であったにせよ、家は貸すものではない事をつくづく思い知らされた。貸す方も借りた方の当事者も既に故人になっている。人はいいが計算高い兄と、また誼で頃合いの家賃で借りた遠縁の者との、馴れ合いで交わした話の終止符が何とも苦々しい結末になった。

そんな鵠沼の家はもう影も形もない。見る影もないほど老朽化していたし、いっさい取り壊して跡をすっかり整地した。金網を張って仕切った猫の額ほどの土地だが、雑草を取るため折を見ては横浜から出かけた。

ゴミ収集の日と時間も考えて朝早い作業になる。辺りは以前顔なじみの人たちも世代交替で見かけなくなり、隣の四方は全く知らない住人ばかりだ。トイレを借りる訳にもいかない。ビニール袋へ草を詰め、ゴミ捨て場へ運び終え、金網を施錠して引き上げる…二時間弱の手仕事という感じだ。八月初めの暑い昼前、草取りを終えて汗を拭きＪＲ藤沢駅への帰り道、ノドも渇いていて伊勢屋と古い看板の掛かった店へ寄った。白髪で私よりやや年上といった顔付きのご主人が店にいた。

缶ビールを飲みながら有り触れた会話から野球好きと見え、話題が野球へ移った。野球少年だった私もつい、昔の想い出がタイムスリップしてきた。この辺の近くに当時、衆樹の家があった話になって遠い日々が蘇った。

衆樹。フルネームまでは想い出せないが、かつて慶応大学で主将になり三冠王を取り、大毎オリオンズへ入団したという地元では華々しい存在であった。その彼も既に故人になっている。当時、彼が中心的な選手で活躍した藤沢第一中学は百六戦百六勝という驚異的に無敗を誇っていた。逆な見方で言うと、この第一中学とどんな試合内容で対戦したかで実力が評価されたと言える。

私の湘南学園はただ一度、決勝で対戦した。昭和二十四年秋の大会、朝の準決勝で鵠沼中学に終盤3対2で逆転勝ちをした結果、晴れの顔合わせとなった訳だ。その試合でこちらは既にエースを使ったため、決勝は控え的な存在の私が投げることになった。結果は2対0で敗れはしたが、外野の失策とショートの野選が第一中学の得点、私の自責点は0であった。エースで四番の衆樹に対し、見送りと空振りの2三振を奪ったのも記憶している。負けはしたが誇りに思う試合だった。

控え投手の私にも一つだけ嬉しいゲームがある。好リリーフの結果、勝利投手になれた試合で「一勝だけのサウスポー」には忘れられないゲームだった。5対5の同点で相手の藤沢中学は5回なお無死満塁という絶好のチャンス。監督のIさんは私にリリーフを命じた。打者は右打者のSで、2球ボールの後、内角低目にスローカーブを投げると待っていたSが打ってきた。

なんと幸運にも私への正面の投手ゴロで、1-2-3で併殺。次の打者へは外角のシュートで一塁のファールフライに討ち取り、ピンチを切り抜けた。試合は味方打線が6回裏奮起して2点を入れ、結局7対5で勝った。

「お前が一球投げる度に、おれはベンチで目をつぶるか、下を向いてたよ」と冗談まじりにIさんは言ったが、この日ばかりはナインの皆が賞めてくれた。前述したように、この一勝だけが私のなによりの貴重な記念になった。野球部員の中で背丈はビリから二番目の小柄な左腕投手、ただ制球力と精神面で成長させてもらった事が大きいと思っている。もう当時の野球少年たちはもう傘寿を迎え、ほどほどに元気で暮らしているが、年一回クラス会を藤沢で開く。ただ残念ながら川柳を語り合える仲間はいないが、川柳の持つ人間味のある文芸の良さや味の深さは大体分かるので、やがて一人ぐらいは同好の士に迎えようと思っている。

（平成十八年 夏）

第四章

マイクと別れて字幕制作へ

一九九一年～二〇〇六年

ピリオドはないさ大人の数え唄
言い勝ってからの渇きは何だろう
反骨が呼び戻されたプロジェクト

動機だけならば私も加害者だ
辻褄の合った童話がつまらない
男にはひょいと行きたい島がある

耐え抜いた頃が花道だったのさ
どなたでしたかといつかは僕も言う
ハイテクが人間の血を薄くする

細菌とマッチプレーがまだ続く
テロリストの銃に罪悪感はない
忠実な愛を盲導犬に見る

便利さの背中合わせにあるリスク
煮っころがしの芋に連帯感がある
再編という名のサバイバルゲーム

ワンバウンドでいいさ女優の始球式

ホームレスの一人一人に棲む家族

よそゆきを着るとどこかが痒くなる

目と鼻の位置でこころが通じない
足からの老化転倒して悟り
価値観の違いで敵にされている

フロッピー任せ記憶が萎えてくる
ひとは皆同じと偉い人は言う
適材と褒めて厄介払いする

一番に来るのはいつも遠い人
ほんとうは人が恋しい人嫌い
突っ張ってみても米粒には勝てぬ

芯がない駄洒落ばかりのお笑いに
まろやかな刻をみつをの詩にもらう
迷い箸男はあんただけじゃない

終曲のテーマを暖流から貰う
棺を打つ全てを赦す音で打つ
パソコンが焚き付けている辞書離れ

逢いたさが一気に春の時刻表
マンションのここは虫採りした野原
力んでる証フライングのあなた

ためらいが自動ドアには通じない
みぞおちの疼く答えは正解だ
湿舌の雨が殺意を抱いて降る

縄のれん賄賂に遠い顔ばかり

負けてやるジャンケンポンの難しさ

ごきぶりの遁走ルパンそっくりだ

机上論だけでは傘は開かない
住む気などないのに過疎を褒めている
立ち会いの背な人間はみな孤独

サキソフォンひとを惑わすのが巧い
戒名は一言居士で如何です
やっと今こころの整理つく位牌

プライドを教えてくれた冬木立

ネクタイを解くと年金だけの首

ノーサイドやねの弔辞へ涙する

仕事着の父は発光体になる

続編へ塩も砂糖も減らされる

中国で組み立てて来る日本製

ノクターンほどよく溶ける蟠り

名作を読む望郷の視野で読む

爽やかに五感くすぐるジャズピアノ

鍵の束ひとを信じたことがない
使いようなんて言われる群れに居る
悪人の話いちばんよく弾む

教養がなくては出来ぬ三枚目

双方が作り笑いになる修羅場

むごい血も温かい血も持つヒト科

後退のできぬ定めを持つ香車
登校拒否なんかなかった木の校舎
本命にされて自由に走れない

強いのは女で強がるのが男

しゃがませて取らせる自販機の奢り

西からの秘話が春一番に乗る

番号で呼ばれ心が応えない
スマートは一生貸しも借りもない
ロスタイム女神くるりと背を向ける

勇み足ぐらい悔しい負けはない

大声は建て前つぶやきが本音

気配りのコメント助詞を使い分け

遊ぶ子がいない赤とんぼの周り
突き詰めてみればやっぱり金が要る
いい人と人がいいとは違うんだ

雑草の強さ昨日を振り向かず
バーを跳び越せぬ助走の足らぬ愛
ため息を妻子に聞かれてはならぬ

血族の同心円は抜けられぬ

傍聴席みんな大きな耳を持つ

忠告へ我が身の恥も入れて父

ロボットへ頭を下げることが増え
喜怒哀楽みな割り勘にしてほしい
マグマ眠らせる特効薬がない

サイカチ坂に佇つ

Igarashi Osamu ESSAY

東京生まれには故郷はないなんて事をよく耳にするが、私自身はそうは思わない。私にとっては東京西神田の三崎町は、戦争のさむく暗い記憶と共に忘れる事の出来ない「ふるさと」である。

江戸っ子の呼び方には親しさともう一方に都会育ちへの批判、諷刺のニュアンスも窺われる。「江戸っ子ったって地方の出じゃないか」は、千葉市が政令都市になった平成四年春の千葉市民芸術祭川柳大会で「地方」の選に当たった大木俊秀さんに特選に抜いて頂いた私の句である。神田三崎町一―一―一の文具店「井筒屋」が私の家。角はお菓子屋、両隣りはパン屋と古書店、裏は製本屋で一日中、印刷機が回り、インクの臭いがしていた。

電車、あの頃は省線と呼んでいたが、幼い時から電車好きだった私はよく、今も建つ結核予防会館の横を通り駿河台へ行っては、中央線、総武線の電車の走る姿を見て飽きなかった。その駿河台の坂の名を「サイカチ（皀角）坂」と言う。この名称はサイカチという木に由来する。サイカチは、マメ科の落葉樹。関東地方では昔からよく見かける木である。この坂にも、かつて何本もサイカチの並木があったという。しかし坂の名前になったほどに多かったサイカチの木は、明治末期には既に一本もなかったそうである。

しかも後には街路樹として、トウカエデを道の両側に植えたものだから、そのままなら皀角坂という名は消えたかもしれない。ところが古来から伝わる坂の名にゆかりの木が一本もないのはおかしいと考えたのか、昭和三十五年、千代田区役所が三本のサイカチを植樹した。坂道に沿って三本並んだサイカチはこの夏も変わらずに、大きく枝葉を伸ばしている。ここは神田川の眺めが開ける地点で、見晴らし台のように坂の途中には小さな休憩所が設けられ、石のベンチが二つある。腰かけて向こうを見ると、水道橋駅に向かう電車、来る電車、川の斜面に添った緑の濃い樹木、更に本郷の元町公園、都立工芸高校、左後方には後楽園遊園地のジェットコースターのポールまで見渡せる。皀角坂で一番眺めのいいスポットである。

小さな石のベンチに腰かけて傍のサイカチの木を見上げると、幼い頃の記憶が蘇ってくる。サイカチは「さいかちむしの略」と広辞苑にあり、子供には人気のクワガタ虫、カブト虫の別称と出ている。共にサイカチの樹液を好む習性があり、昔からそう呼ばれたのであろう。邑角坂を下りきると、そこはＪＲ水道橋駅南口、広い白山通りに出る。年に何度かは東京番傘の句会にお邪魔するが、会場の文京区民センターは通りの角にある。

駿河台は家康の死語、駿府に残された家臣団が江戸に職を求めてやって来た時の居住区である。故郷の霊峰富士を眺めるこの高台の周辺がたいへん気に入り、以前にあった寺や稲荷社などを追い出し、自分たちの屋敷地にしていった。これは譜代の武士を優遇した幕府の政策があっての事である。そして徳川三百年の長きに亘り、駿河台は屋敷地として存続する。有名な天下のご意見番、大久保彦左衛門もここに住み、三代家光の時、大名に限り馬で登城を許すという発令に抗議、タライに乗って登城したエピソードは今も講談でおなじみである。

明治維新の後は、武家屋敷の跡地が伯爵、子爵、男爵などの屋敷になった。幾つかは昭和初期まで残っていたが、あの第二次大戦後、殆どが学校や病院、企業ビルに変わって、大きな屋敷はもう何処にも見られない。少年時代のひとときを過ごした三崎町は今でも印刷所、建具屋、写植屋など小さな会社とコンビニ、若者向けのハンバーガーショップ、そば屋、食堂が目立って多い。

今もどんどん様変わりする東京を歩くと、江戸明治以来の面影を探す事は非常に難しい。僅かに戦前当時のたたずまいを残す地域もあるにはあるが、それだって短い期間で姿を消してゆくのが現状である。

平成も既に四分の一世紀、あの激動の昭和を生きた故郷は、どこも過去の面影が消えつつある。その人の胸中だけに、在りし日の故郷が生きている昨今ではないだろうか。

（平成十年　夏）

第五章

ＮＨＫ学園川柳講座のスタッフに

一九九八年から

有り体に言えば私も飢えている
御御御付けと書いて気持が畏まる
自衛本能で敬語を撒いている

思案する間に遮断機が下りる
ひらがなのどれにも棲んでいるエロス
箸を置くときにやがてを考える

廃校の庭初恋が埋めてある
逃げ場です城です父の六畳間
オバさんは絶対土下座などしない

選果機の先で差別が待ち受ける
渓谷の水に疑いなど持たぬ
余生という言葉を神は許すまい

夕日までビールを恋しがっている
条件反射ボクも飼い慣らされている
吊し柿ひとつノスタルジアを描く

黄昏が父のプロフィールに似合う
砕けても波は白さを主張する
点滴の雫いのちの灯をともす

蟻の告発がピラミッドを崩す

雪国の育ちギブアップはしない

金のない人がわたしの肩を持つ

本当の甘さを負けたときに知る

人間も鰯もグループで生きる

とおい日の疼き夾竹桃の朱

人間のエゴ線引きをやめられず
あれからを懐古八月十五日
むずかしいものの一つに自己管理

猪の地図に曲がった道がない

フルコース心の飢えは満たせるか

えんぴつも僕も短くなる命

いっぽんの道真っ直ぐに走れない
怒らない敵でキャリアが一つ上
主役にはないプライドがある黒子

さりげない顔をしているのが敵だ
よろこびの歌に国境などはない
胸に棲む鬼とのクリンチが続く

よく回る舌でラッパを吹いている
口だけは足腰ほどに萎えてない
会える日をただひたすらに拉致家族

血縁の杭は深めに打っておく
溶け合わぬ同士が派手に握手する
砂時計お前も独りだったのか

整理下手明け暮れ探しものばかり
追憶の海はあくまで凪いでいる
出し抜けのギャグが空気をONにする

ペットだと猫はいちども思わない

負の遺産どう飛び越える痩せ蛙

矢面に立つ日の靴を光らせる

泥つきの野菜にステータスがある
良識を脱ぐとわたしの顔になる
損をした数なら敵に負けてない

自販機が寡黙な街にしてしまう
余生だと言っても金は要るんだよ
不器用な手と迷わずに生きている

信じたりしない安全神話など
列島を切り裂くマグニチュード9
苦労など買わぬワンタッチの世代

現代のお化けを放射能と言う
素朴さと温みエンピツ威張らない
刃こぼれはお互い様で生きている

付き合いは三十六度五分でする
夫唱でも婦随でもなく半世紀
人間にマナーモードが付いてない

隠し味そんな慰め方が好き
フルムーンしみじみ波の音を聴く
梅干しも人もしわから味が出る

いちばんのオアシス父の六畳間
ほっとした顔が後書きから覗く
影法師お前も気負いすぎている

火を知った時から業が深くなる

真実を言うてにをはが火花する

雪が降る昔むかしを連れて降る

縦割りを廃められはせぬお役人

句読点取ると日本語やっかいだ

後ろから座席が埋まる義理の会

いのち乞い年の始めのためしとて
雪割って芽吹くいのちに励まされ

◇思い出に残る作品

山のことばで父のテーマを描いている

暖流のうねりを愛だなと思う

木から落ちた猿のエッセイなら読もう

全自動どこまで人を食べ尽くす

半世紀いくさをせずに来た重み

黒髪へおんなは私小説を書く

十字架の重さは明日も変わらない

二十一世紀は被告席に居る

どれほどの文字をおもちゃにしたことか
残照の丘へ長恨歌を埋める
的を射たアドバイスほど受けにくい

本当の味方はお世辞など言わぬ
諦めをすこしブレンドした悟り
箸を置くときにやがてを考える

あとがき

　川柳を作るひとときは何時も楽しい。句が出来たときの満足感、またそこに至るまでの疲労感も確かにある。もし川柳が思い通りに楽々と句が作れたならば、とうの昔に私は川柳と縁を切っていただろう。

　川柳を作っていると、私は独りではないと思っている。句会でグループと一緒に作っていたり、家の机でひとり作っていても思いは変わらない。だから川柳を作り始めてから淋しいと感じたことはない。私自身もすでに喜寿を過ぎ、今や句帳も優に十五冊を越えた時期になって、遅すぎた感は正直あるかも知れないが、初めて自分の句集を作ってみようかと考えた。思えば川柳との触れ合いは昭和四十八年、ＮＨＫ静岡在局の頃、上司でもあった大木俊秀さんに教えていただいたのがご縁である。青森局へ異動後の昭和五十年に通信句会の形式で「ＮＨＫぱらぼら川柳会」がスタートした（現在は「だんだん」と改称して平成二十年九月に再出発)。そして単身生活が始まった鶴岡局時代も投句は欠かさずに続けた。

昭和五十五年に津放送局へ異動してからは、「ぱらぼら川柳会」にも寄稿してくださった番傘同人の故森田照葉さんと出会い、三重番傘に入会して多くの川柳人とも交流し、故矢須岡信会長から昭和五十七年に番傘川柳本社同人に推薦された。また名張での番傘桔梗川柳会での発足から活動に取り組んだ事も懐かしい思い出である。

単身での異動が更に続いて、昭和五十八年には和歌山局へ着任。この頃ではたまに大阪での番傘本社句会へも顔を出すことが出来て、楽しく交歓もした。そして昭和六十一年には関東の群馬・前橋局へ異動、ここが単身最後の職場となった。思い起こせば、この十四年間の単身時代が良く持ち堪えることが出来たと思うし、また川柳の投句も休まず続けられたのも自身、正直に一つの誇りに感じている。

川柳は一読明快でなければならないと人は言う。でも一読しただけでは、文章的な表現は理解できたとしても、その句は出来上がるまでの作者の心理や葛藤までは恐らく理解はできない。また、長く作句を続けていると、自分でもどういう川柳を作ってきたかが分からなくなることもあるだろうし、一先ずは整理をしておきたい事も句集制作の動機になっている。まあ、中にはもう時代遅れと批判される句もあると思う。

また句にテーマ付けをしたり、句材を揃えたりはしなかったのは、読んでくださる方に一句一句と向き合って欲しい思いがあるからで、句は一つ一つが独立した光景を持っていると信じている。

要するにこの句集は、私自身の川柳史という視点からシンプルに年代別に句を並べたわけである。最後に忘れてはならない事は、私の番傘本誌への投句を長い間、温かい目で選句を続けてくださった礒野いさむ名誉主幹に改めてお礼を申し上げたいと思う。またもう十年越しになるが、これまで句集制作その他に際していろいろな助言と協力を続けてくれた新葉館出版の副編集長、竹田麻衣子さんにも感謝を申し上げる次第である。

まさにお蔭さまで…皆さまに感謝をお伝えして終わりの挨拶にさせていただく。

平成二十六年四月

五十嵐　修

【著者略歴】

五十嵐　修（いがらし・おさむ）

昭和10年3月25日生まれ。川柳との触れ合いは昭和48年、ＮＨＫ静岡局在勤の折、上司で川柳人の大木俊秀氏に勧められ、同僚や仲間と通信句会の「ぱらぽら川柳会」を結成した。

「川柳番傘」誌への投句も続ける中、昭和57年に番傘川柳本社同人に推薦された。東京みなと番傘川柳会には昭和62年入会、また平成6年から東都川柳長屋連の店子、そして平成10年にはＮＨＫ学園川柳講座の講師となる。

現在は東京みなと番傘川柳会の顧問、他に早朝からの句会を続ける９９９番傘川柳会（現在「乱の会」）で、川柳評論、伝記などの朗読を続けている。

お蔭さまで…

○

平成26年5月23日　初版発行

著　者

五　十　嵐　　修

発行人

松　岡　恭　子

発行所

新　葉　館　出　版

大阪市東成区玉津1丁目9-16 4F　〒537-0023

TEL06-4259-3777 FAX06-4259-3888

http://shinyokan.ne.jp/

印刷所

株式会社アネモネ

○

定価はカバーに表示してあります。

ISBN978-4-86044-561-4